月光迷路 草木生长

郦波 著

浙江人民出版社

图书在版编目（CIP）数据

月光迷路 草木生长 / 郦波著. — 杭州 ：浙江人民出版社，2021.6

ISBN 978-7-213-10187-8

Ⅰ.①月… Ⅱ.①郦… Ⅲ.①诗集–中国–当代 Ⅳ.①I227

中国版本图书馆CIP数据核字(2021)第107489号

月光迷路 草木生长

郦波 著

出版发行：浙江人民出版社(杭州市体育场路347号 邮编 310006)

市场部电话:(0571)85061682 85176516

责任编辑：徐 婷

营销编辑：陈雯怡 陈芊如

责任校对：何培玉

责任印务：程 琳

封面设计：唐旭 & 谢丽 *xtangs@foxmail.com*

电脑制版：杭州天一图文制作有限公司

印 刷：杭州广育多莉印刷有限公司

开 本：787毫米×1092毫米 1/32	印 张：11.5
字 数：133.4千字	插 页：4
版 次：2021年6月第1版	印 次：2021年6月第1次印刷

书 号：ISBN 978-7-213-10187-8

定 价：69.00元

文字与诗
（代序）

生而为人、为中国人、为中国文人，在这本诗集付梓之际，我最想致意并由衷感谢的，是我的母语和我们伟大的汉字！

在这份致意之下，我有三句特别想说的话。

我从来都没有当诗人的梦想。

这是我的第二本现代诗诗集了。说起两本诗集的出版，纯属偶然。因为写诗的缘起，也属偶然。

我年少时颇崇尚功夫小子、少林武僧与古惑仔，所以虽然仿佛有过短暂的文艺青年的梦想，也胡诌过几首自以为是诗的分行文字，但擅长反省的我很快就认识到自己并没有当诗人的天赋，于是迅速转身，走上了一条离诗甚远的路。

后来，那个满怀江湖梦的少年最终成长为一名学者，一个标准的儒家知识分子，说实话，这也是我始料未及的。我主要研究传统文化与训诂学、文字学，也兼及文明史，看到由于历史原因造成的文化断层，总是有莫名的焦虑感。由此衍生的一种使命感则最终成为我终生的奋斗与追求，那就是——母语文化的传播、华夏文明的传承与汉字文化的守护。这是我终生的追求所在，也是终生的价值所在。

人生一旦明确了归宿所在，也就明了了道之所在、术之所在。因为汉字教育攸关母语文化的传承与发展，所以在十几年前，我便确立了专力做汉字文化教育与中小学语文启蒙的目标，并发现使孩子们获得母语（汉语）语感的最佳方式便是诗词的学习、吟诵与诗歌的习练、创作。可是"光说不练假把式"，为了摸索这条语文启蒙之路，我开始重拾当年在生命里偶然闪现的"文青梦"，并持之以恒，一写就是十余年。于是，因为教育的理想与传承的追求，就有了"但问耕耘，莫问收获"的收获——数千首习作中一些精选作品的结集与出版。

我永远也不会停止写诗。

事实上，为了践行汉字与母语文化的教学与传播，我不仅写现代诗，也写旧体诗（包含古风、歌行与格律诗）。可是，在我们这个诗的国度里，一个中国诗歌的研究者与创作者，却最终因为写诗遭遇了非议。

往事已矣，不必再提，况且亚圣孟子说："行有不得者，皆反求诸己。"我在经历"网络诗案"后无奈转身，但也在转身时更加坚定了人生的抉择——虽千万人，吾往矣！任嘲讽、非议，甚至网络暴力，我手写我心，这条诗歌的研究与创作之路，我会永远走下去！

诗，不是远方，是救赎。

对于写诗，我之所以经历非议却依然矢志不渝，是因为于我而言，甚至，于今来古往的所有中国知识分子而言——

诗，不是远方，是救赎。

可能很多人都忽略了一个中华诗史上的真相，那就是——自魏晋南北朝以来，或者说自纯粹的文人诗兴起之后，中国古代的儒家知识分子，几乎没有不写诗的。不必怀疑这一点，之所以《全唐诗》只收录了两千两百多人的四万八千多首诗，之所以《全宋词》只收录了一千三百多人的两万多首词，一是因为古代知识分子所占人口比例极低，二是因为大浪淘沙，得以留存的都是少数的精品。然而，只要是儒家知识分子就没有不写诗的，这是毋庸置疑的。原因也很简单，只因为在中国文人看来——"诗，缘情""诗，言志"。

为什么"国家不幸诗家幸，赋到沧桑句便工"？

为什么"问汝平生功业，黄州惠州儋州"？

为什么可以"生当作人杰，死亦为鬼雄"？

为什么要"仰天大笑出门去，我辈岂是蓬蒿人"？

为什么能"一点浩然气，千里快哉风"？

为什么会"山重水复疑无路，柳暗花明又一村"？

为什么"少年不识愁滋味"？

为什么"壮岁旌旗拥万夫"？

为什么"中年登览足悲哀"？

为什么"暮年诗赋动江关"？

……

一切都只是因为"无用之用，方为大用"，看上去只能"言志""缘情"的诗，却是知识分子精神的根柢所在、归宿所在，甚至，救赎所在。

中国的读书人，只要还有纸笔，只要还能书写，任现世风雨、人生坎坷，终究可以卓然屹立，九死不悔，甚至，凤凰涅槃。

所以，诗，不是所谓唯美的远方，而是生命在滚滚红尘里回归清澈、葆有赤子心的救赎力量！

我固执而孤独地过着这样一种
生活——

除了落笔书写
其余
皆沉默

只有我的诗发出些微的声响
仿佛
动人心魄

辛丑孟夏于金陵水云居

目录

第一辑　我有一怀清澈

第二辑　满天星斗月圆

第三辑 一棵树扶住了微风

第四辑　漫天的我，落在雪花上

我有一怀清澈

为你写诗

只想简单地迷恋
哪怕肤浅地表达

只要有光的特性
——
穿过深重的暗夜
慎重安宁地到达

我有一怀清澈
与君共鉴明月

青年·气象

一个昂扬的青年
应该有这样的志向——
我们是历史发展的一环
是文明前进的一步
我们虽然卑微、平凡
也要为光明燃一份热
贡献一份力量

如果
有时你也沮丧
有时觉得理想太过渺茫
这时就该想一想——
想古来英雄豪杰

似我这般年纪

是何才学？

是何气象！

写诗的房子

我只会写字
我住过的老房子，会写诗

树木长出四月的味道
屋瓦却分不清现在的季节

一块剥落的砖，像一支秃掉的笔
从生，一直写到死

砖缝里浓浓的岁月味道
像极了旧书册里随处点染的那些
古老已苍白的墨汁

多想告诉你真相——

对于爱情来说

每个人的一生

春天，也只有一次

蝶翅

有两片宇宙
星斗如云

亦动亦静
皆相互依存

颜色与光波
如量子般纠缠

世界与世界
即此岸与彼岸

一样

自由像诗一样
书写时，听从
每个字词的选择

诗，像树一样
枝枝叶叶地生长
站成伟岸，也有趣的分行

树，像你我一样
从来站立原地
却走过
山河岁月，宇宙洪荒

不定与笃定

我走过原野，看见——

荒野中的男孩在轻轻地叩门
而窗帘后面的少女
正捧着一颗举棋不定的芳心

姑娘啊
应该——像他明天就要来那样
期待
但要——像他永远也不会来那样
生活

读你写的诗

我喜欢在春天的午后
在一杯茶的面前
读你写的诗

为什么你婉约的词句
却隐隐有边陲之感

为什么你那清澈见底的灵魂
别有孤城万仞山

在路上

一片新生的草甸
看上去很软
让人不忍心抬起脚来

满眼都是生命的秘密
很浅，很浅

一汪忽然入眼的泉
看上去很浅
让人忍不住想掬一捧饮

满眼都是清澈的欢喜
很软，很软

有泪如倾

蝴蝶的翅膀有眼睛
她们看我的时候，很深情

头顶的夜空也有眼睛
他们看我的时候，亮晶晶

可你转身的背影，没眼睛
站在两旁的岁月看着我，泪如倾

人生

在春天准备种树
在冬天准备柴火

在年少准备远行
在黄昏成为过客

我见过一朵想飞翔的花
和一只想绽放的雀
就在我经过它们的时候
花瓣与翅膀，擦肩
而过

水之生死

一条河，生下不久
就会站立起来
深幽的河水
会变成白色的、喧哗的
青春的瀑布

一条瀑，早生华发
在花甲之龄
它会躺下
曾经白色的喧哗，会变成深幽
而死寂的河水
即便死去

也要日日环绕，那岁月里彼此相
濡以沫的崖

我见水之生死
如见逝者如斯

心饵

昨晚，我去星海中垂钓
听见星辰窃窃私语
"北冥，有鱼"

美丽的奇迹

相机定格的一瞬
时间，还在流逝

遇见你的那一刻
命运，却注定了远离

如果，能望穿秋水，看到结局
你会不会，还对我微笑
像一个，美丽的奇迹

汶川·十二年

转眼，十二年
我脚下，正是蜀川
有一位从阿坝来的姑娘
坐在我面前，说起
当年

她的声音清亮而温润
听不出沧桑与黯淡
新茶的汤色，像极了她美丽的
容颜
唯有眉下的一道伤痕，袒露着
刻骨的伤感

我承认

所有的风和日丽、萍水相逢都是

岁月的表象

我们是在认真、努力的生活里

沉淀出

一种不能忘却的，醇厚

情感

照
见

我有一轮圆到没有缺憾的月亮
想置君怀袖，却转眼
入你星眸
从此以后
你看我的时候，我要
按住自己的胸口，不然清辉万里

照见五蕴皆我
盛世的哀愁

诺言

我答应过
带你去楼兰
去看，大漠沙似雪
随我，仗剑出阳关

当时
我们走在春息路上
扑面而来
全是春天

扑入

如果我是暗夜的一束光
我会扑入你的眼里
然后顺着你的血管
潜入你的心中
在那里，长成一团
永恒的明亮

可是
你离开的那晚
下起了雨
泪水扑在雨的怀里
长成淅淅
沥沥

交还

进山的时候
我脱下了鞋子、袜子
赤着双足
携一颗草木之心，归隐
山林

在漫无边际的人生里
请把我，交还给
万物

别了，四月

旧年四月间
谁与我，一起上茶山
我捧着粗茶碗
那滴水还记不记得舌尖上的，软

旧年四月间
谁泪落，在我眼前
我捧着你的脸
那滴泪还记不记得手心里的，暖

别了
人间四月天

树下

总有浩瀚无边的岁月悬挂在一棵
树的枝桠之间
一缕缕深沉的过往，温柔垂下
安慰
我这样人生如逆旅的，行人

曾经

当你提笔给我写信的时候
我被置身于那些冗赘的词句中
好像甜蜜的果肉包裹着苦涩的
杏仁

我多想告诉你
我的身体里，至今
还埋藏着——
曾经自由的风
曾经清朗的月
曾经遗世独立而今下落不明的
你

不动声色

我不动声色
体内却有一棵大树在疯长
血肉尽成其营养
平静包裹着炽热

我看着你
不动声色

酿

我在自己的心海里

将一段万年的思念

酿成了，你的模样

虔诚

你突然严肃地看着我
把一道柔媚的风景，升华成
一种凝重的精神意蕴

我随即拒绝周遭的喧嚣
把你我沉淀在一种宁静的氛围中
我们彼此的守护
虽然丧失了世俗的趣味
却别具

虔诚

溯洄从之

每次想你，都想做你掌心的鱼

顺着你的手臂，努力向上游去

山里的童年

四十年前，我生活在一片，宽厚
的大山
落日浑圆，每一棵草木的呼吸，都
能听见

幺妹，扯起清亮的嗓子
大声喊我的名字
惊起林间的兔子
激起邻家的狗子
还有，岭上的獾

与清欢

4 · 17

我在
时间的云端漫步
回忆
是一条没有尽头的路

这一生
暮去朝来，光阴流转
抬望眼
最好的未来，都已在手边

为此
穿云抵月，无惧荒疏
哪怕
踽踽独行，于无声处

夜行

夜晚的鲜花
　　一定爬满了整片的原野

不肯睡的星星
　　一定裹着棉花糖的云层

我走过那条，有些高冷的街巷
　　忽然羡慕
　　　　那睡着的橱窗里
　　　　　　大熊小熊的，心情

最好的时光

我们总渴望
能在人生最好的时光里相遇
其实，是在我们相遇后
生命才有了最好的时光

不疏·不密

有时候
真希望时间能停在某一刻
再也不走

一切，不新，也不旧
呼吸，不缓，也不急
而你，不来，也不去

刚刚好的思念
不疏，不密

层叠

手指叠上手指
相思叠上相思
心情叠上心情
日子叠上日子

层层叠叠的，不是时光
是分分秒秒的，你我
和点点滴滴的，往事

浅

我和你
在素朴的流年里
浅浅思
缓缓行

时光
略旧而温婉
故事
略长而温暖

你我
还是开始的模样
浅浅笑里
刚刚，遇见

三个人的华夏

儒　站在那里
　　立定脚跟

禅　坐在那里
　　云淡风轻

道　卧在那里
　　却别具精神

三个你我
伸出思想的臂膀
合抱而成，华夏的灵魂

海拔

一株草
在念青唐古拉攀爬

我坐在草叶尖儿上
隔着浅浅白云
和天空说话

一只蚂蚁
爬上了我的手背
顺着我手指的方向
指点江山，激扬文字，睥睨天下

生灵

我杀死了一只蚂蚁
原因是它爬到了我的蜂蜜罐上

然后
我开始泡茶
舀一勺蜜，放在血红的红茶里

最后
我一口也没有喝
因为茶里总有个弱小的生灵在
看我

我们的故事

故事开始的时候

脸上总漾满笑意

故事结束的时候

眼中总噙满泪水

可不论结束与开始

它们总是我们的故事

所有一点一滴的曾经与未来

都值得我们用全部生命去缅怀

有多少前尘往事

　　让人伤着心陶醉

有多少物是人非

　　让我们含着笑落泪

冬夏读写的春秋

我在夏天闷热的傍晚
读春秋

我在冬天苦寒的清晨
读春秋

我在历史从容变换的四季里
读春秋

我在生命从此不朽的更迭里
甘洒热血
写春秋

声声漫

你的声音
是天空与大地
是泥土与星辰
是山那边一望无际的海
是海那边风行草偃的春

是河流经过山坡时的旖旎
是微风拂过眉眼时的娇嗔
是杨柳岸晓风残月中忍不住的回
头张望
是庭院深深深几许杨柳堆烟帘幕
无重数的愁闷

其实
你的声音就是我的声音

你知不知道
我在人世间蹉跎了无尽岁月
终于得以拥抱
这漫漫长夜漫漫征途漫漫红尘里
.你声音的灵魂

分不清

你什么时候来？
我想为你泡一壶心爱的春茶
你喝着茶，轻轻地微笑，轻轻地
说话

我能想象你那时的样子
只是傻傻地分不清
那时的我
究竟是你面前的我
还是，你暖暖手中温润杯里的茶

你什么时候来？
我想带你去赏后院等了一季的花

你赏花的时候
轻轻地微笑，轻轻地说话

我能想象你那时的样子
只是傻傻地分不清
那时的我
究竟是你身边的我
还是你眼底春风十里却转眼咫尺
的天涯

骄傲

我在你的侧面，看见了海
海风撩起你的容颜
打湿了我的酸楚
涩，而苦，而咸

我在疲惫的侧面，听见了心跳
破鼓一样的有气无力
惊动了麻木不仁的世界
笑，而讽，而嘲

我在喧嚣的侧面
无视喧嚣
独有岁月在我面前
袒露宏大而不动声色的骄傲

醒着

羊儿，被数得累了
星辰，也还醒着
床和被，都在酣睡
和我失散已久的身体
被料峭的暗夜撕扯得面目全非

猫儿，在不停地叫
我只听见风，在檐角儿，静悄悄
巢儿护着鸟
大树护着巢
我却无法给自己的灵魂，一个温
暖的拥抱

生还

每一种青春
都显得过于短暂

被深耕的泥土
伤痛，收获
一遍又一遍

星星羞涩过
在那个没有月亮的夜晚

只要念出你的名字
每一寸死去的相思
都得以生还

所见即所得

一只小鸡
破壳而出

刚好
一只乌龟经过

从此
小鸡背着蛋壳
度过了一生

春光乍泄

秋天的果

结了一颗破败的理想

愤世嫉俗的夏

被长老们封禁成无声的喑哑

冬天露出本来面目

露出干涸的河床与冰冷的石头

对于这些

你们熟视无睹

只有那人

怀揣着一缕微弱的春光

艰难上路

挣扎

天色，正在老去
暗夜，令人惶恐
地平线掩住，憔悴到模糊的面容

光亮，忽然挣扎了一下
世界与我
为之——
怦然　心动

早安

没有一朵花，会错过春天
没有一个你我，会错过思念

别站在黄昏里等我
我怕黑夜会先我而到
即便擎着灯火归来
我也更愿在清晨陈旧又崭新的
空气里
用一树花开的时间
对你说——

"早安"

旁观者 轻

你看他们——
徒然地走着
却困在原地
喧嚣地活着
却如同死去

用心灵的俯仰来看世间万物
我在时间的洪流里，遗世
独立

诗的定义与意义

你眼角的笑意
你唇角的叹息
乃至你忽然的出现与
慢慢转身的离去
在我眼里
都比诗的定义
更接近于，诗的意义

一种想要开放的坚持

我不确定我是不是一颗花的种子
我是因为你
才有了一种想要开放的坚持

我想看一看心情在阳光下的影子
我想听一听
你
在我卑微的生命里，写下的诗

小鸟和你

能看见黑暗
就证明还有光

能拨动琴弦
就证明还想唱

那只叫声很好听的小鸟和你
都是证明春天一直还在人间的一种
意象

月光

迷路的月光不知该去谁的窗前
流浪
摇摆的花枝看着流水默默去向
远方

百无聊赖的此生
我们来玩一个游戏吧——

要么，你做我一种飘零两处闲愁
的流水
要么，我做你无所事事窗前迷路
的月光

醒与睡

大地沉睡
溪流醒着

森林沉睡
树叶醒着

身体沉睡
灵魂醒着

你听——
他们哗哗作响，沙沙作响，簌簌作响
他们是布谷鸟和春天无法企及的歌唱

在黄昏里站成清晨的模样

我在黄昏等你的时候
心中，满是清晨

每一个日子都脚步匆忙
不容我为之踟蹰、惆怅

风回来的时候你也会回来吧
我一定在黄昏里站成清晨的模样

活出一个自己

人生要努力活出一个自己
内心的挣扎与超越
与他人无关

我挡不住风雨的到来
可风雨，也挡不住
我做晴朗的事

乡野

我登山的时候
看到他们，在暗战
整个山坡，都微微地发汗
脚上的泥巴像初恋一样，新鲜
我想
晚上的篝火一定会映红乡野的
灿烂

我住在神的村落里

有一段日子
我住在神的村落里
看到神生活的每一处
都是空
与匮

岁月比我老
酒杯比我浅
一杯酒下肚
唯有掌控我一生的神明
与我无关

影

生命原是
在冗长的悲苦中
体味片刻的幸福

世界留给我们的
是无穷无尽的浮世魅影

我们留给世界的
只是一道或浅或深的，背影

暖与光亮

落日是不完整的
但它有完整的暖与光亮

初春是料峭而寒冷的
但它有晓寒轻外的暖与希望

你是真实而不完美的
但你有我完美的梦与，梦想

之前

在时间的河流尚未开始流淌之前
我编好了鱼篓

在空间的大厦还没打下地基之前
我烧好了一块砖

在生命的轮回开启循环之前
在今生今世的我还没有遇到你
之前
我的心，已写就了，一滴

思念

长成一首诗

安静的泥土
交出裸露的大地

刚栽下的树苗
在湿润的空气里呼吸

一棵小草
在笑微不足道的世界

春天的时候
你会重新，长成一首诗

深浅

用全部拥有的
换一件渴望的
换不换?

用所有的感怀
换一种思念
想不想?

时间
是阳光下最浅白的秘密

故而时光清浅,却
为你,而深

也曾

我入红尘
不过是入你的心
我入僧寺
不过是出你的尘

我摘到过两颗红豆
曾让我满心欢喜
也曾，所念至深
也曾，所爱至纯

缝合

伤口太深了
已经见了沟壑
便知你我在这红尘世上
受了无尽的磨折

诗，是
用来缝合伤口的
一字一针
一句一线
一行秘语
将痛与不堪，轻轻
缝合

秘密

告诉你一个秘密
在我观照的世界里
时间，只是一个变量

我可以任意扭曲它回到你的身边
只需要一个念想
我甚至可以努力抽离它让你在我
身边永不离去我也永不惆怅

可酒入愁肠都化作了月光
大梦醒来
时间，就变回了荒凉而固执的
常量

时间的墙·立春

时间的一面墙

突然洞开

春天

就要从里面走出来

清寒里

住着清凉

住着清新的希望

住着清澈又轻快的念想

你

还不来？

光阴的枝头，已结满了

等待

带你走

阳光，在任性的日子里
肆意生长
我和一朵花
相视良久

你出现的那一刻
还未开口
所有的过往，已
变得温柔

时间，虽然不肯
为我们停留
但我可以带上你和岁月
一起走

爱与得

风
爱上了石

可不论温柔地轻拂
还是激情地倾诉
石，都无动于衷

一万年后
石，成了沙
风，终于可以把爱裹挟在怀里
却再也分不清，哪一粒
才是原来的他

忘·想

我在人世间流浪
偶然遇到你
嗅到你心上的芬芳

我用了一百年去忘记
又用了一万年，去
怀想

溃堤

你的离开
让生命有了缺口

时间的堤岸
变得脆弱起来

悲伤
一时如海

进退之「间」

一条裂缝
纤弱而又浩瀚
一种错过
幽微而又明显

只有探身得进
又能抽身而退
才知道，它叫
时间

灵犀

走在路上，迎面而来的时间
撞个满怀

翻开书页，文字簇拥在一起
起了波澜

把酒言欢，看见失散的灵魂
枯坐对面

幸而有你，身陷坚硬的世界
灵犀一点

牧羊人

羊群缓缓地从山坡上下来
落日紧随，在它们的身后

我也缓缓地走在回乡的路上
看到命运紧随，在他们的身后

谁是牧羊人?!

有一个声音
在问我的灵魂

忆

灶里的柴火噼里啪啦
在回忆它长成参天大树的过去

沉睡者并不拥有清醒的权利
就像清醒者并不拥有遗忘的权利

关于和你的过去
直到今天
依然——
灿烂如虹，耀目
晶莹似露，欲滴

从别处

我是从别处
得知风的秘密

我是从别处
得知春的消息

我是从别处
得知土地的善意

我是从见到你的那一刻起
得知一切有关生命的美丽

买卖

他们在佛前
聊了一炷香的时间
足够顿悟生死
也足够道尽沧桑数百年

老和尚收了算命钱
胖施主出来还是愁眉不展
我猜是他钱掏的不够
佛才不让他得偿所愿

春水如岸

我无法用零星的词汇，写就
对你磅礴的思念
也无法用理性的静谧，去触碰
想你时的思绪万端

远方的你
再不回来
繁星般的春水，就要
没过，堤岸

念旧

在旧城里，看一出
老折子戏
吴侬软语，如诉
如泣

脚下的砖缝里
有一种岁月的味道
像极了旧书册中
你留在字里行间的，气息

旧日已远
旧火已灭
我先于时间，曾与你
站在一起

禅

人的情感
总在最熟悉的事物上展开
爱恨的交加
总在最纠缠的细节上铺垫
浩渺的星空
并不理解我们的挣扎与疑惑
只有过往的伤痛
会把不肯放弃的人生
累积成
禅

当形象向哲理推进
当已知向未知延展

我和等我的自我

即此岸

与彼岸

一季

万籁俱寂
听见宇宙在身体里轰响
东风一来
吹醒心底，沉睡的荒凉

生命中不能承受的轻
是上一个季节里
你冰封雪飘
的目光

满天星斗月圆

与
你

谁不生而破碎
用活着来修修补补

只有与你一起
才见满天星斗月圆

初夏

才初初相遇
却已到夏天

若秋来草木凋
　　冬深霜雪遥
为什么
　　春天的时候
　　我们没有遇见

想来
上天总是对的——

因为最好的时间

　　所以最好的遇见

因为最好的遇见

　　所以最好的夏天

小满

每一个节气，我都空出一些自己

添些山水白云，草木菜蔬，和你

闪亮

我们坐在夏夜，一只萤火虫
打着她的小灯笼，从我们面前
飞过

整个湖面上只有这么一只闪亮
的小精灵
就像
整个世界上我也只有一个如此
闪亮的你

余生

你走了
留下了夜晚与清晨

我睡在时光的水里
变成水流的一部分

我终究会流向何方呢？
孑然一身，流向
寂静又空旷的
余生

世间所有的如火如荼

他们在一起
曾对"结果"那么乐观
却对"过程"毫不宽容

最终
世间所有的如火如荼
都归于——
风烟俱净，云淡风轻

温暖而贴切的沉默

空，是苍白的
有，才会沉默

梦里，世界完成重构
醒来，视线几近坍塌

我曾经头顶烈日
站立，黑暗之中

荒凉，隐身于我们的身后
一切，因为有你
不必，言说

立身之处

窗外的云霞
厚重、绚烂如斯

可暗夜的来临
只是　转眼之间

我们立身之处
是洪荒的缝隙
又是苍茫的原点

我不曾与你谋面
却俱在云中漫步
一念　斑斓

墙

那道开裂的墙边
放着我们睡过的床

这个世界的灰尘
一片乳白色的悲伤

墙上爬满了时光，常春藤
只是不甘老去，仿佛青春还在的
模样……

无从说起

我有一个秘密
不能用言语形容
也不曾向任何人说起

我只想告诉你
那个暂且停留在此生的我
那个暂时居住在此身的你

可一切无从说起……

我转过身去
身后一片一片的岁月
纷纷开且落
无声，又无息……

人间如海

把你归还　人间如海
可是我的伤痛　一直都在

想在清晨
在天还未亮之前
把刚刚做好的梦，寄给你

那里有
闪亮的星辰，安静的大地
和一种，和你有关的
欢喜

尘世

每一朵盛开，都会在芬芳里凋谢
每一种相遇，都会在欢爱中离别

所有诗里的困苦、欢乐与沉痛
皆非我刻意为之
一切不过是他，留在我身上的
影子
我不记得他的名字
有人叫他——
尘世

忘记

"如果，我是一棵植物……"
"哦，其实，你本来就是
一棵树……"

"如果，我能不再悲伤……"
"哦，悲伤深处，其实
空无一物……"

想

想在天空里种田

在大海里铸山

在风雨里笑

在夜晚

念

想穿过那些古村落

想遇见那些旧山川

想捧着你鬓角的风亲吻

想养一只殷勤的青鸟

探看

世间

狭小、逼仄、惨淡

唯有想，是最好的爱恋

是沧海，是桑田

荒原寂静

这片寂静之地
现在，是荒原
曾经，是大海

自从，你把你滚烫的手掌
从我渐渐失却温暖的心口
拿开

荒原寂静
风
从每一个方向　吹来

怎
渡

岁月的河，太宽

相书上说，今晚
利涉大川

可我，拼尽了所有的气力
也回不去，有你的
彼岸

一条跛行的鱼

我走在河边
看见一条跛行的鱼

我心里想
到底是经受了怎样的苦痛
才会让一条鱼
对河水
也生出疑虑

那鱼笨拙地扭动躯体
有一瞬
我感受到它跛行的眼光
透过层层水面的折射

落到我身上

我于是又想
到底是怎样的命运
才会让我
遇见
一条　跛行的鱼

人生漂泊

作为一棵树
我曾经扎根在你的土壤里

后来，我被砍断
作为一条船
被放逐在，你的湍流里

没有什么值得遗憾　与痛心疾首
哪怕沉没或搁浅，我也
再不上岸

思想的纹路

我发现，木头的纹路里藏着一种
细密的思想
犹如我们的思想里，藏着一种
隐约的，纹路

遇见

你在船上，我在岸边
流水的心情，写成了
人间

我们那么近
又那么远
目光往来如泉入溪　汇成河川
瞬间淹没，你我
这样仓促的
遇见

荒寺

许多鸟，在这里安心筑巢
许多佛，在这里踏实睡觉
许多我，在这里汇集、发现、
寻找……

谷底

和你背道而驰，终于
抵达　岁月的谷底
这里，除了静寂
还是静寂
还有荆棘丛生，生生
拦住我　想要跋涉的步履

一阵阵清风在清冷的山谷里
来来去去
我在荆棘与静寂丛生里忽然
泪下如雨

我与文字

茶与水

米和饭

还有我与文字

都是，相互成全

相思无由，落笔为安

月出

月亮出来了，我们就去
月光下……
时间到了，我们就在苦难里
开着花

石唱

我偏爱此生的你，散发着迷人的
气息
如山川辽阔，岁月疏朗

世界，在微尘里
我们，在心坎儿上

当我执子之手，站立人间
听见无数草木的生长和坚硬石头
的歌唱

石头开花

石头会不会开花？
会的！

当一块冰冷而坚硬的石头
激烈碰撞
另一块坚硬而冰冷的石头时

他们，甚至会开出照耀文明的
火花

念

趁现在，岁月还平静
趁思念，此刻还安宁
我于荒芜的世间　轻轻　念出
你的姓名

湖心·树

湖边的树都不如它
它把根，径直
扎在，湖
心里

它从此孤独终老
从此，深固难徙
从此，只能遥望丛林与青山
从此，只与拥抱着它的一汪深情
生、死、相、依

孤
独

诗，因言语，而无限寂寞

日子，发出骨折的声响

手上

我的心开始隐隐作痛
当你把往事，交还
我的手上

我的目光越过远方
看到无比遥远的过往，曾被你
小心地，捧在手上

一日将尽，两手空空
当时携手，知与谁同

精灵

只有一只鸟，穿过风雨时，翅膀
没被打湿
只有一个你，穿过浊世时，灵魂
未被染色

坚硬与柔软

事件是坚硬的
物质是坚硬的
精神也是

悲悯是柔软的
善良是柔软的
时间也是

破碎

今晚的星空是破碎的
我想你的心情也是破碎的

等到清晨，第一缕光
会填满所有破碎的缝隙
那时我破碎的心，已永葬

夜里

闲

我欲

裁下一缕光阴

种下一颗思念

长成我心目中的你

还有你身后的 碧云天

爱情

岁月是一把冷兵器
用一种古老的方式
刺入我的身体

荆棘鸟还陷在荆棘里
我和她
都鲜血淋漓

明眸

当年
树牵着风的手
格桑花　漫山遍野
那些美好的事物　玉立别处

我的掌中
捧着一把启明星
而你注视着万物
轻移莲步
光影　成目

流浪的流云

我想做一朵流云

从此去流浪

流浪到你窗前

在你抬头看我的时候

烟消云散

随一滴雨

洒落在你胸前

我愿

失却我性命

湿却汝心田

黑色的冷清

夏天密集地包裹过来
光亮在干枯的惆怅里踽踽独行

我想讲一个黑色的故事
可没有人听
世界投桃报李
还我黑色幽默的冷清

远

昨夜

天空中　一颗明亮星辰的眼

穿透浓重的雾霾

从无数光年外

直视我的灵魂

我与她对视了很久

夏夜的微风　在我俩之间

欲说还羞

后来

夜色愈发重

岁月忽已晚

我只在入睡前留下一句入骨的
思念

你已经走得那样远
却还不曾走出　我的字里
与行间

逆光

我在灯光下
反而看不清你的模样

如果可以去晒月亮
在高高的山坡、屋脊、堤岸上
你坐回我身旁
不用回头
也能见你笑靥如花
满眼芬芳

可惜
世界在逆光的背影里
正日渐　荒凉

同理心

我们在谈论别人的时候
也在被别的别人所议论

我们在揣测他人的时候
也在被无数他人所思忖

所谓　感同身受
俱是　难言之隐

星星的光阴

关半扇窗
把一些光阴挡在窗外
开半扇门
让一些光阴无声进来

想着你是一颗星星
整个星空　都让我感到　安宁

言语之外

路边的野花
是我随手种下
河边的泥沙
也是我随手丢下
不管不顾
他们都聚沙成塔，长成繁华

从来言语之外
毕竟生如夏花

入世

一支铁骑
驻扎在天堂与尘世之间
生生地挡住
我们远离尘嚣的去路

原谅我
未能留下陪你
也不能
带你一起离去

我唯有擎这
带血的长刃
只身前去
披荆斩棘

层次

生命大多是平庸而寡淡的，而诗
不是

诗
说到底
也是平庸寡淡的，而灵魂
不是

荒原

有些草
在展现身体的强悍

有些花
在摆弄内心的柔软

有些瞬间
在雕琢细腻的永恒

有些你我
在默默吟唱　七月的鹊桥仙

理性的精神

我盯着炉火
想探究它的命运
不停地添上新鲜的木柴
让它生命的激情燃到十分、
十二分

于是
命运之手
被炉火烤得滚烫
炉火纯青的审视
最终冷却
在暗夜里　冷却成
纯粹的理性　与精神的光亮

大荒

是谁
带我来此荒野
让我看　这一望无际的荒凉

野草，肆无忌惮地疯长
野兽，窃时肆暴的疯狂

可是，谁说荒野没有颜色？
我站立荒野
顿觉　天地一片清凉

我愿做荒野上的独木
于喧嚣的尘世
静享　生命的轻飔

在在如是

时间
无处不在
却又从不　单独存在

就像思念
念念皆在
却又从来　因你而在

乡野

白云
就从那远山飘来

山村
自古及今　一直那样自在

一场雨
还藏着盛夏之前的清凉

一个我
还藏着遇见你之前的期待

寂寞与你

时间是不可读的

一读，它便逝去了

如同寂寞不可守

一守，你的身影　便挥之不去了

破碎的风和月光

这不是一个多雨的城

在你走后

雨却下个不停

还有破碎的风和月光

让我平添了惆怅

你在我身边的时候，它们

都是完整的

生命单薄得像一张写满希望的纸

时间　都在你的笔尖上

却独独　把我遗忘

沙眼

我看到星星
却不能　拥有星星
一如　我看到你美丽的眼睛

你的目光哀婉得像月光下的河水
我只是河底　沉睡的
一粒沙

你的光

这世上
除了日月星辰
也还有光
比如
你的眼里
我的心底

可是
你是多么热烈的向往
又是 多么滚烫的悲伤

懂你

这清晨
宿雨初霁

你看着枝头的阳光
我看这　叶上的雨

我所以为你不懂我的
何尝不是　我不懂你

错过的秘密

千万人可以看见的流星

被千万人　低头错过

千万次可以遇见的你我

被命运　千万次

擦肩而过

或者

没有秘密和不知道秘密的人，才会

快乐

时间之于我们

你出现在静止的阳光下
仿佛从没有开口说过话
时间对我们有特别的意义
有那么一刻
惆怅的风
轻绕着窗台上即将枯萎的花

告别

有一次
他活在世上
以孤寂为食
流星和沙飞过头顶的夜空
那一刻
他终于决定与世界和解
并与之告别

携手

俯仰皆天地
往来即春秋

心在流云之上
身处流年之中
那些流浪的光阴
幸与君同

夏天的身后

时间在这一刻
变得无限漫长

一切都结束了
你提着裙子向前奔跑
身后落了一地
白茫茫的　悲伤

尘世你我

人
生而孤独
不过是在时间的一瞬和空间的
一隅里苦苦追寻
在茫茫夜中寻一点光明
在漫漫路上寻一缕希望

走进尘世
难免　心生惆怅
我们不过是借　彼此干净的
光和热
来走完人世的　荒芜
和悲凉

若是

这条路，一直通往渡口

一定有船，刚好停靠在河岸

你若是起身离去，还为时不晚

你若是留下

我也

心甘，情愿

爱别离

你的离开，带给我
新鲜的痛感与疲惫

夜被熬夜的灯，撕得粉碎

只有清冷的时间如盐
循着伤口，深入骨髓

土地

远山如黛，天空
变幻出色彩

松涛怒号，光阴
显露出衰败

那些我爱过的、爱过我的岁月
都已　纷纷离去

这世间的爱，若不够彻底
就像有土，却没有
土地

你的好

没见过你的人不会明了——
为什么世界那么绝望，又
那么美好

雪山上清香的虎耳草
果园里甜美的妃子笑
还有所有的花枝招展长生不老
言笑晏晏青春年少
都抵不上你——
前世今生的
好

夜晚的模样

每一颗闪亮的星辰都怀揣着黑暗
每一种坚实的人生都密布着裂痕

太阳，走失在黑夜里
月亮，在看独角戏

因为惦记着清晨
很多人都忘记了夜晚的模样

爱过

如果没有哭泣
泪珠，就不会那么晶莹

如果没有欢喜
爱过，就不会那么凄迷

你离开的时候，那些往事
纷纷从我的舌头与唇齿间站起
却终于，不能说出
一字，一句

花开

岭上，云犹在
陌上，花自开

思念，从四方而来
雪花一样，聚在
我时而暖，又时而冷的
胸怀

此时，此刻

世界，是思索的结果
生命，只在此时此刻

你的诗
像迎面扑来的爱，一下子
压倒了此时此刻
载渴载饥的，我

平静的真实

你是被爱所驯化
还是被苦难所驯服？

一个活得真实的人，才能
写出有生命的文字

我要在怒号的狂风中
平静地，归隐山林

致青年

真正点亮生命的
不是明天美好的景色
而是今天努力、忘我的此刻

如果，你的青春没有燃烧过
那么，到我这个年龄
如何，有余热

浮
图

夏天，浮在表面
汗水，在沙漠里蜿蜒
一切周边，皆人影憧憧
只有一丝凉风，混迹于尘世与
神灵之间

前
路

没有比爱着更久远的幸福
没有比活着更艰辛的酸楚

一道陡峭的光，照着
一条平庸的路

或者——
一道庸常的光，照着
一条陡峭的路

丢失了什么

有些人为了死后而活着
有些人为了活着而死了

来世的清风拂面而过
我站在神话之外
眺望山海

这一路山长水阔
你知不知道自己
丢失了什么

傍晚入古寺

暮色，像极了古老的咒语
大地在旋转，日月星辰
转眼，都成了秘密

地平线上的气温，热到发腻
佛像上滴答的汗珠
是最新鲜的
安魂曲

佛在佛界，人在人间
当你退到了世界的边缘
人世，寒热冷暖
与你，再不相干

对面的流星

一颗流星，从天际
呼啸而来
我竟然无法移动
看着它，扑入胸怀

现在，它停在我的体内
无喜悦，无悲哀
像一个，陷入相思或思考的
安静的，妖怪

村居

城里，有精致的假
山野，有粗糙的真

时间，打磨着一切

有的越磨越旧
比如你我
有的越磨越新
比如灵魂

困

我被困住
在很深很深的　井底

井底没有蛙
它们在外边的夜晚
唱着初夏……

我看不见月光
只有星斗　在怜悯地俯瞰大地

大地　也看不见我
我在大地之下
无涯之涯

第三辑

一棵树扶住了微风

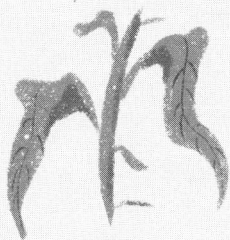

秋·念

当你黯淡
星辰就不会闪耀
当你忧伤
山川都不再美好

炊烟恬静
一棵树扶住了几缕微风
是你青青子衿悠悠我心的风
吹起我不能问暖嘘寒却念念挂牵
的心情

秋，已深
愿，安宁

秋天的故事

我的书页上，还夹着一枚枯萎
的四叶草
你的那个　拈着草叶香而来的
秋日午后
和那时缱绻的阳光一起
封存了　整整一个青春的
温柔……

两世

是不是前世回眸太久？
今生看你
总是含愁

这一世谁的叹息如桨？
深深划动
岁月之舟

断行的诗词

想起你的时候
我正在收拾屋子
捡到一张薄薄的旧纸片
上面除了岁月的折痕
还有潦草的几笔
你的名字

想起你的时候
我正在漫漫旅途载奔载驰
遇见一个怪怪的年轻人
忽而浅浅地微笑又微笑
嘴角上扬的弧度
一如你的样子

想起你的时候
我正在琢磨一首诗
想到那个格律平仄——对仗的
秋天
一片叶子说尽四季的心思
而我琢磨又琢磨不透
你不可言说的心事

想起你的时候
山河岁月
都只是一首　断行的诗词

为
你

风很轻，却已凉
阴寒在四野蠢蠢欲动
日子在无奈中变硬，变僵

我又能为你做些什么呢？
一腔坚韧，一怀温暖
为你，默默酝酿

秋思

无数的黄叶

落在远山

落在近前

落在脚边

剩余的秋天开始变得残破不全

只有落寞的思念变得愈发新鲜

牢笼

他们把我　关进了屋子
我轻蔑地看着　窗外的牢笼

波浪

在一块平凡的岩石上
我狠狠地把自己摔得粉碎
然后流着无数浑浊的热泪
亲手，把碎的自己　捡回

庸常而精巧的岁月

陷入沉思之际
鱼儿悬浮在水里

岁月暂时停步
获得静止的意义

时光最是庸常
也最精巧如你

如你此刻——
一瞬一天堂
一念一菩提

倦

谁说钟声不知疲倦

岁月　尚且衰老

暮鼓与暮色

次第沉

寂

你我日月星辰，都只是时间之

海的潮汐……

最长最孤独的诗

我不记得，等了你几生几世

"你"这一字，是我读过的

最长、最孤独的诗

光与暗

从面向黑暗到面向光芒
也不过
一个转身之间

身处光与暗的分界
有人挣扎着扭曲了灵魂
有人淡淡撑开　人世间

给你在人间的灵魂

没有一朵花会因为凋谢而不开放
没有一个人会因为活着而不死亡

我怀疑
在暮色的后面还有暮色
我猜测
在思虑的底层还有思想

雨是干净的
风是透明的

良夜终将被季节收走
浮生若梦，但我在黄昏到来之前
已提前辨认出宇宙里星辰的方向

山海·境

我们站立的山峰
是亿万年前的海

穿过你鬓角的风
荡涤着我的胸怀

我们还需踏遍十七座山
看遍十七片海

时间因此微不足道
所爱由是不隔山海

心情

下了一场小雨
路，变得泥泞
灵魂与海，却洗得澄澈
干净

山水次第远行
江上的小舟
是想你时　漂泊的
心情

圆满

生命内在的深切与清澈
需要一个像你那样的人，才懂

而世间所谓圆满，莫过——
月在梢头，你在左右

枯萎与浮华

我见识过傍晚时分的喧哗

暗夜　轰然倒塌

秋天

站立成冷峻的背景

落叶飘零

我用枯萎，对应

浮华

原路返回

蚂蚁们排好了队
清晨去遥远的山顶觅食
傍晚又从嶙峋的枯骨缝隙中
原路返回

我一个人上路
跨过山川、河流、田野……无数

我看见路上的我
一遍遍回身
望向
来时的路

借来的秋天

我的秋天是借来的
短暂的幸福　晴朗而漫长
所有的落叶　都代替树死去
干枯的枝桠　倔强地迎向北方

我的秋天是借来的
那些风还送来桂花香
云和雁　都还在路上
所有爱　伸向南方

迷路的路

我在湖边散步的时候

偶然

盯着湖水

看了许久

才发现　自己是条　溺水的鱼

我在崖边静坐的时候

刻意

盯着世界

看了许久

才发现　自己是条　迷路的路

有一个挣扎的我

才能有一个　超越的我！

明亮

黄昏的时候
雨丝　变得明亮起来

沉默的时候
魂灵　变得明亮起来

想你的时候
时间　变得明亮起来

禅意

人生
因为潦落
才有了些
禅意

我们手里的时间，原本
是一条孤独的抛物线
可在某一刻的某一端
我们终将被抛下
成为时间的无涯里，一个
或光亮、或黯淡的点

我们被虚构所虚构

我们因现实而现实

我们所有的相逢与离别

都是此生波澜壮阔的沸腾与

寂灭

一无所知

我对你
并非　一无所知

有一种绝世的陈酿
被封存在你的眼底
有一次
只流出一滴
只用目光品尝
我便沉醉了整整一生

我对你
并非　一无所知
当痴念　不请自来
我多想当你的面　念这首诗

孤独与爱之路

我的身前有一条河流
弯曲着流向海洋

我的身后有一双你我
深情地走向过往

我的一生都跋涉在
一条叫作孤独与爱的路上

世界与你我的距离
只是一首深沉的叹息
和一句辽阔的诗行

为

你

我攀过九千九百九十九座大山
我趟过九千九百九十九条大河
我的身体里沉淀着五千年的沧海
桑田
时间，是我唯一的朋友

我去看朝阳升起，参与光明的
分配
我去听空山新雨，留意静寂的
细碎
然后我决定放弃激动与虚构
用务实的心境，为你
写下一行问候

你用斧子劈开清晨

你用针线缝起黄昏

你从日日夜夜忙碌到岁岁年年

你是一条奔腾又沉默的河流

你是两鬓斑斑烟火色的哀愁

你是梦境般清明的世界

为华夏洗清那些屈辱不堪的尘垢

我这一生，只是为你

情深，义厚

坦承

我承认
所有的风和日丽都是假
内心的风雨如晦才是真

我承认
所谓的萍水相逢是假
命中的苦苦追寻才是真

我承认
所谓潇洒是假
想被你爱是真

时间的枝头

虽然，我们老了
但时光，在崛起

人生，一直在寻找
答案，也一直存在

譬如朝露，从叶尖滚落泥土
带着与生俱来的清明，跌入
命中注定的泥泞

时间的枝头，正在结出
梦幻，与泡影

撒出

我从你的生命里撒出来
看见蜿蜒的岁月，如山
似海

乡土

没有什么比一颗种子更忠于泥土
没有什么比一棵树更忠于村庄
无数个回到故乡的梦里
都只看见村口的那棵老槐树
郁郁葱葱，又白发苍苍

宅居

孤独，除我之外
附着在所有的事物上

在这个自成宇宙的屋子里
只有我，拥有鲜活的寂寞

有时候我们
静止下来

浪潮没有退路

就像星海没有尽头

可有时我们静止下来

在密不透风的人间如海

非诗人

我知道我是沉默的
站立成树
平躺成土

我知道我是孤独的
来时雄关
去处归途

我从不在文字的海里打捞辞藻
我只在深深的岁月里怀恋年少

老屋

老屋最老是屋檐

屋檐上，鳞次栉比的瓦片

屋檐下，画地为牢、自给自足

的院

宁

在广大无边的岁月中
一切喧哗
其实都是宁静的

在蜡炬成灰的思念中
一切苦痛
其实都是安宁的

自白

我没有足够的隐忍
却怀揣无边的悲悯
假使下一刻即将离开
我也要挣扎着为你留下
陡峭的灵魂

命名

世界荒芜了很久
我也沉默了许久，才
重新思考，并命名——

阳光、尘埃、蜉蝣
荆棘、灌木
与　生命

微芒·点亮

我至今还感动于一点萤火微弱的
光芒
当它出现在我们的夜晚，把我们
寂寞的眼眸，点亮

那
时

那时，柳枝刚刚发了芽
我还在给枣树浇水

那时，二丫为要照看弟弟辍了学
我看见她在灶台后面悄悄抹泪

那时，我背上行囊说走就走去了
远方
一入江湖快意恩仇图一醉

那时，我还没有遇见你
一切，都还来得及追悔

夜
雨

夜，在数它的日子
烛，在燃它的相思
城，在照它的影
雨，在写它的诗

缄默

当时间穿过我的身体却悄无声息
当一日被我穿越，喧嚣终归沉寂
我和岁月在暗夜里彼此保持沉默
谁也不说
那些肤浅的切肤之痛，和
那些深可见骨的终极秘密

内心

没有人的内心
毫发无损

一棵树的灵魂
也有累累伤痕

但我依然希望
你能云淡风轻

每一落笔
无怨，无悔

每一举眸
有爱，有真

云水间

预言的前面
是一场秋雨

你聆听的样子
打湿了秘密

生活在远古的河流
经历过最漫长的守候

深沉的河岸，没有航船
也没有　渡口

天眼

是谁在云层外面睁开一只眼
窥见我本来藏在浓云里的疲惫与
不堪
时间在飞快地抽身而去
留给我无尽的虚空
和悬浮在世间的爱恋

可不可以闭上眼
选择不思不想
不看

观·世音

我的身体散落在这世上
飘零，又独立
谁的筋骨和血肉，被铸成
高山、河流
与大地

我看到
剩下的秋天不多了
世界稀薄到　几乎透明

我听见
宇宙深处静寂的长啸
有水木之风
有金石之气

刀斧手

给我一把刀

最锋利的那种！

我要铲除你灵魂上的阴影

使之——

透明！

活着

我不能面对
那些枝头已决意殉情于秋风的
花朵

凡事都有偶然的心绪
而宿命般的坦然
只留给结果

谁不在现实的路上虚无缥缈地
活着

不曾寄出的情书

我的行囊里
有一封情书
历经漫长的十月
都不曾寄出

我跋山涉水的时候，脚步
比信里的叹息还轻
只有在渡口边流连、彳亍
才换来那些词句与四面群山为我
低昂的回顾

我的身体里浸润着疏朗的清秋
可字里行间的岁月，却早已
随年华　而荣枯

破碎的圆满

我站在时间的角落
你站在岁月的中央

孤独
是一块完整的碎片
破碎
却又有自足的圆满

狐狸与书生

书生，狐狸
相遇在夜的困惑里
月光，有九十九种味道
而夜，有一百零一种表情

当我掩卷沉思
有多少古老可爱的灵魂
在如此的夜里，独自
飘零

小狐狸
不要睁开眼睛
你的眼睛里
有时光尽头的倒影

秋天

秋天

远行的人，更远

他们去寻找异乡

却被异乡　变成了远方

地老天荒

只需　一个秋天

而秋天

只是一个　光影的瞬间

格局与心境

何谓心境？
在世间看云，见云卷云舒
入乎其内，出乎其外也

何谓格局？
于岸上观潮，悟潮起潮落
出乎其外，驭乎其上也

木又寸

风，把秋天吹得单薄了
絮絮叨叨的落叶在不知疲倦地
穿针引线
于是，很多枝枝杈杈像枯了的树
成为大地唯一的图案

每到夜晚
祠堂里会点起越来越多的线香
谁把肉身种在了大地上
死后化作河流、山川、白云
与土壤

宿体

你比风，更像风
掠过我的身体

你比雨，更像雨
打湿我的回忆

你比我更像我自己
因为有关你的一切
已经这样盘根错节
牢牢占据我的心绪

迷
路

谁在轮回里迷了路
有一道时间的涟漪　回荡
在我身后的不远处

我回头去看
想指引那迷路的魂灵
却见我
站在我的身后
隔着时间的沧海
眼里，全是明悟与倾诉

谁在轮回里迷了路
有一道时间的涟漪　回荡
在你身后的不远处

不动

花儿在摇摆
泥土，纹丝不动

溪水在欢唱
山谷，纹丝不动

银河在摇晃
宇宙，纹丝不动

时间在飞逝
你留下的悲伤，纹丝不动

余光

在辽阔的湖水里加一粒　方糖
把尘世当成一杯苦咖　独自
品尝

你用握着真理的手　举起远方
在你指缝间　宣泄出
谨慎的光芒

独行的灵魂

我把念想，安放在
月光下的雨滴里

独行的灵魂，听不见
时间的窃窃私语

谁从远处来
谁往远方去
褶皱的流年居然写不下
一行深情的　寄语

山阴道中

沿着山脉的左侧前行

前行，渐渐感受到

大地的心房

在一种独特的韵律中

看见古典的山水

还有魏晋、唐宋的面庞

山岭深处的盘山道

忽而逼仄、忽而奔放

唯有峡谷中一湾幽隐的流水

独自起承转合

仿佛平仄对仗

山阴道上

别有秋光

之外

写作，并不能让我感到满足
只有轻声地吟诵，能让我感到
欣慰与开怀

就像沉默，从不能给我以自由
安静，却能许我以自在

后来，我捡起风和风之间失落的
无奈
如今，我填补字与字之间满溢的
空白

可说实话，笔端的那些字句

都在我现实的人生处境与苍白的

经验表达

之外

与世界作别

我曾经，比我的身影跑得还快
如今站定，回首
一片空白

我曾经，比我射出的箭飞得还快
如今跌落，回首
唯余无奈

路边妖娆的野花，和空气中干净
的痕迹
保持着微妙的距离
天空、原野与大海，只是为了作
为见证

而存在

如今，我与世界作别
神之所在
不染尘埃

养由基

凡树，必有呼吸

我手里的这支箭，应是
取自一棵树的，一枝
呼吸

在箭囊里的时候，素常
它是安静的
安静得如同弓与弦
住在靶子里

在安静里
谁都不会剑拔弩张

谁都会仿佛不分彼此

谁都不会不愿意，困于

一箭之地

选择

年轻的时候
可以选择为理想而崇高地死去
年老的时候
终将选择为理想而卑微地活着

两世

雨中的一只蝶
停在我袖上
见它迷茫　如我前生

想起那天　丝雨如线
停在她袖间
曾是沧海桑田

归去

度过似水流年
尝尽人间冷暖
不如归去——

就像马儿回到草原
沙石回到河滩
鱼儿回到大海
草木回到高山

我终究是要回到　你的身边

自我

抒写自我的人，都无须
苛求自我

因为自我的一切，不需要
诉诸深切的悲歌

即便是挽歌，也不过是
人生薄如蝉翼的
时刻

私语

谁在耳边，轻轻吟唱
淅淅沥沥，如念
似想

面孔，如果特别干净
目光，应该特别清亮

蚕以咀嚼，在吞噬桑的过去
蛹以死亡，在编织茧的未来

对你说过的话
被秋风扫落在地，层层叠叠

残缺

在生命的内部
因为残缺的痛
纠缠，从未停息

人间，苍凉似水
灵魂，青翠如斯

这世上，文字千千万万
语句林林总总
可还是凑不出一句——
我们的　曾经

山中遇见

风吹着你的甜
睫毛一闪一闪
像跳动的琴弦

翠鸟也鸣叫着飞过
从你身边，飞到
人间的这一边

此刻，漫山遍野的黄昏
像一朵花
开在你我的身前

我抬头看那些远处的炊烟

它们缓缓地聚散

为这山中的遇见

添一笔新鲜，添一曲清欢

生存还是毁灭

最早，和
最后的命题
都是生存
时间，只是陪衬

唯有想你，像山河岁月
念你的每一个字
都变成了头顶的
日、月、星、辰

诗的平衡

请收敛唇舌，收敛肢体
收敛勇气，收敛才华
请在激烈角逐的辩驳中，收获
微妙的平衡

谁能提供永恒的承诺
要么宗教
要么诗歌

只有在诗中
我们，无所遁形

自斟自饮

酒，不要斟得太满

孤独，会不小心溢出来

把好好的佳酿，流淌成诗篇

无可厚非

思念漫长，却是无可厚非的时光

如同我在乡间闲坐，见惯了行云

尽日，踱步于　山岭之上

森深

茶凉下来，仿佛
有了　森森的冷意

我不见我，仿佛
剩下　深深的孤寂

不闻，不见，不语
世事何尝不动心？

不忧，不怒，不喜
红尘已然知来去！

夜航船

你在夜晚启航的时候
海上升起了明月
你的船驶入明月之中
你在圆月里飞翔

一眼·万年

一只小虫从枯叶与尘埃里睡醒
瞥了一眼，在院子里晒太阳的我

我一直晒到月亮出来，才醒
看了一眼，在天上眨眼睛的卿

是与非

对于一只鸟来说

是飞翔

而非歌唱

才是全部的生命

对于一棵树来说

是坚定

而非摇摆

才是生命的姿态

对于一个我来说

是行走

而非止息

才是终极的力量

隔

那个女孩
在秋千的背面
而我
在秋天的背面

我们的岁月
隔着呼吸
隔着　世间的轻叹

旅程

每次航班起落之际
我都临窗看见群山、河流与众生

那一刻，沧桑中神秘的宁静
轻轻按下机舱外巨大的轰鸣

我屡屡因此而感慨——
此生这趟百感交集的旅程
该如何报答世间一草一木的深情

第四辑

漫天的我，落在雪花上

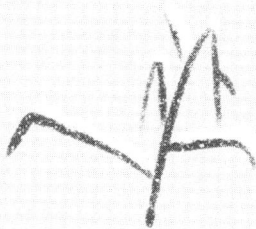

斯图加特的雪

漫天的我，落在雪花上
无尽的你，似眼底的清凉

温暖，只是一瞬的念想
思念，才是此生的彷徨

雪·泥

泥土
在雪的覆盖下，有了
诗的想法
虽然
过后，它终将是泥泞的
丑陋的，不堪的……
可现在，它是纯白的
纯洁的，纯粹的……

于是，土得掉渣的泥土
在雪花飘落时，有了
诗的写法

晾晒人生

难得

冬日放晴

请彼此拿出自我

晾晒，晾晒潮湿的人生

你看路边那些想要争先开放的

花苞

掖藏着整整一季雪白的心情

可春天还远没有到来

落脚处还满是

昨晚的

泥泞

雪夜

无风之夜
雪花飘下

漫天的雪花，厚厚地
铺在心底

残存的思想，隐约可见
明灭的山河，屈指可数

即便　众生皆苦
我也　要你幸福

一棵行走的树

我病了
闭门不出

城南的那棵树
来看我
想必
它走了很长很长的路

临别
我送它几双鲜艳的袜子

它先是不要
说习惯了赤足

后来，一一套在根须上
它走过的地方
结出　五色的泥土

消瘦的土地

乡间的土地，是越来越消瘦了
营养，都给了硕大的楼宇

那些大手笔的人
他们素常掩藏的身体
像被白蚁啃食的橡木，斑驳
而陆离

还好
我们　还站在这里
时光与阳光，都还如此充裕

岁末

时光，自顾自地远行
只留下，三三两两的你我
平平淡淡的莫名
断断续续的缱绻
沟沟壑壑的人生

听

冬日的阳光
最是多情
柔柔地镌刻
深深的身影

分散于天涯的灵魂
纷纷归来
失落在今生的我们
细细倾听

寂灭

我总无端地认为——

那种无法挽回的寂灭里
有种心甘情愿的奋不顾身

你永远看不到天空的深处
我为你燃尽一切的惊艳一瞬

风雨夜

我听见，来自西伯利亚的风
在我的窗棂间，低声啜泣

我看见，那些帕米尔高原上曾经
洁白如玉的云
也都在这个夜晚，零落成雨

不用说，九天阊阖所开的宫殿
早已是，残垣断壁

我想起，一千四百年前我去天竺
取回的真经
每一页，都写满了千山万水的　你

世人

你眼中有炽热的爱情，却选择

安稳而冰凉地　度过一生

街头的真相

早上的车流犹豫地泛着初冬
尚不够凛冽的寒光
街道两旁残存些叶子的树在
嘲笑那些干瘪的墙
好在车水马龙人来人往喧嚣
遮蔽了荒凉，反正
你早已忘记了曾在芸芸众生
的街头遇见我时的

真相

心甘情愿

世事再万般无奈，也拗不过
心甘情愿

我为你如蓬草般漂泊
灵魂总在
大地
山川

记得

我不记得那么多
只记得
庸常里的绝望　希望里的坎坷

我不记得那么多
只记得
欢笑中的泪水　哀伤里的欢乐

我不记得那么多
只记得
我们留不住的时光
和时光里留下的　你我

遗愿

我看见一片雪花
万里迢迢，飘往大海
是想在蓝色的墓里，葬下纯白

等候

没有风的声音

山野空寂，一鸟不鸣

地下的小虫和小兽都蜷缩着身子

溪水，也停下来不走

……

我为你，伫立原地

袖藏乾坤，等候

我站在暗夜的入口

我站在暗夜的入口，目光
挣扎于地平线上最后一抹　光亮
身体，被撕扯向黑暗的一侧
我身旁的大地上，有一条
顺着悲欢　寂寞流淌的
河

冬至·一阳生

一想起你
那些甜美而温暖的气息
一股脑儿地
扑进怀里

如一阳生
冬天的潮湿阴冷也变得干爽
和煦起来

时间，在慢慢淡出
恒久的思念，如故

前因

栅栏缝里纯白的积雪是几天前
落下的!
风雪夜中纯白的思念是几世前
落下的?

面壁

一边吟唱，一边面壁
心与声　撞在墙上
一者折返，一者无迹

失乐源

暮色升起，我已失明
倦鸟归林，我已失聪
寒蛩振翼，我已失语

唯心中一片明净
万丈红尘，波澜不惊

街上的灵魂

傍晚时分，暮色渐重
起风了，那些还被晾在街上的
灵魂
有没有找到归巢的路？

石匠

我不是石匠
但我喜欢抚摸石头
仿佛随时可以掏出大锤、铁锥和
錾子
在那些棱角分明的"坚硬"上
劈、刻、凿、旋、削

你的手，抚在，我的背上
我既贪恋你手心片刻的暖
又想告诉你——
我坚硬如石的运命，也曾
棱角分明

梦境

夜色，如崖高耸
我被你的梦裹住
一起，坠落深渊

这
里

来到这里
一生风雨暂歇
一切苦难消解

如果可以
我想把你的怀抱
永恒，租借

旁观

风
吹了又吹
吹到风自己
亦觉胆寒

雨
下了又下
下到雨自己
也觉厌烦

我冷眼旁观
看这潮湿阴冷瘦骨嶙峋满是
低级趣味的
冬天

小
心

小心你的思想
它们会成为言辞

小心你的言辞
它们会成为行为

小心你的行为
它们会成为习惯

小心你的习惯
它们会成为性格

小心你的性格
它们会成为命运

等你，在人间

你来到这个星球的时候
我也恰好，正在人间

又或者，我是在人间等你
蓝色的星球，才变得斑斓

如果有一天你将远去，你需记得
我的肉体，已葬尽红尘
我的灵魂，你还
未曾归还

程门立雪

下雪了
中午时分
是宋朝的雪
午睡中的思想
在屋檐下反着光

我站立雪中
没有门户之见
我只见师不必强于弟子
弟子不必不如师

我只见伊川先生虽执拗如斯
可那大宋的陈年的积雪

却像他浑厚的心情

苍白而又洁白

如斯

二月，你好

我身边的一切
都是草木的亲戚
那炉，那灶，那火，那茶
还有，我自己

风声，悬在风中
雨声，浸在雨里
我们的苦难，在天下的苦难里煎熬
但在春天即将到来的时候
我们依然要坚定地说：

二月，你好！

离
开

我的身体里
住过我的一生，还有
你的曾经

在你离开的世界
我也，永不归来

同行

这是一个无比静寂的夜晚
这是一湾无比平静的湖面
我默默沿着湖边走
她紧紧跟在我身边

她踩着湖水，凭凌波微步
不激起丝毫涟漪
冬夜的湖水是清而冷的
打湿了她素净的容颜

我们默默地走了很远
有一刻，我确信——
月亮来到人间
是为与我相见

等你的暗夜

我们的时间不多了
明天，却还没有用完

终有一天
我会跨过横无际涯的时间之海
在遥不可及的岁月尽头
与你相遇

那时，你要记得
所有坠落的星辰
都是我在等待的暗夜里，一遍遍
凝望的
眼神

晚霞消逝之前

离开地球，踏入星海
就再也没有日薄西山
就再也没有日暮乡关

太阳再也不是夕阳
作为人类的岁月
将永远停在，晚霞
消逝之前

空白

风，浩荡地去来
月光，如雪自在
流浪的浮云免于夜色的纠缠
在你出现，之前
时间，都是空白

轻与重

在我眼里
面前的世界
轻于肉身

在我心底
身后的岁月
重于灵魂

我不能若无其事地走过这么坚硬
的冬天
我即使莫名地凋谢也要亲吻满天
的星辰

时·兼

收拾屋子的时候
在抽屉里，找到
一块旧的石英表

我晃了晃它
秒针，居然走了起来
然后是分针、时针
可是，它是从过去停滞的那一刻、
那一秒开始走起的

那么
这只表，这只曾经紧紧贴着我腕、
我脉搏的表

它到底是守着过去的岁月，还是
计量着现在的人间？

我因见过光

在我与黑暗对峙的时候
你给了我一束光
从命运的窄窄缝隙里透进来
给了我忽然有些无法适应的亮

我因见过光
更觉　黑夜漫长
理智，蜷缩在角落
美与丑，各自暗暗思量

爱

爱

曾经是一个欢快的字

挂在嘴角与眼眸

与年少的你我一起　不分彼此

爱

其实是一个沉默的字

藏在字典与心底

与最深的岁月一起　逝者如斯

浅斟·低唱

你知道吗

我的怀抱　已久久地荒芜了

天苍苍而野茫茫

为你长满了　风吹草低的荒凉

你知道吗

我的思念　却已静静地干涸了

路漫漫而夜茫茫

为你停留在　梦　刚开始的地方

我们终将朽没

在爱与恨的灰烬里

浅斟　低唱……

一个人的人世间

冥想独断

此身孑然

对长亭晚

忽一夜　灯火阑珊

独自凭栏

无限江山

终究还是

一个人的　人世间

素色·素心

风声穿过楼宇

湿冷穿过身体

你泪落的那一刻起

时间

碎成一地　悲伤的颗粒

幸好还有雪

和我一起坠落红尘

是我身边　唯一素色的痕迹

柔软的冬天

最后一只苟延残喘的蚊子
在贪婪地吮我的血

我看着善良的黑暗
柔软如蝶

南国的天空
飘着北方的雪

你弯月的眸
安葬下　我的全世界

人间世

城市空了
夜晚　满是光亮
倒海移山
白昼　死寂微芒

我在布满荆棘和人类的丛林里
遇见过　一种黑色的光明

失散一季的你

当冬天降临的时候

天地

便封锁了我的消息

有关我的每一个字　都不许

在你面前提及

就连我们一起念过的诗

也被一字一句　拆散在湿冷的

空气里

我不得不向你告别

等春回大地

踏上漫漫长路

去重新寻回

失散整整一季的你

石头上的星空

一颗石头
缓缓醒来

它看我的眼神有些古怪
既不睡眼惺忪
又不诗意朦胧

它就那样一直深沉而美丽着
看我——
这片石头上的星空
这片填满孤寂的从容

貌似真理

在唯一的真理之下
世界站成被审判的模样
一只丑陋的老乌鸦扑棱着翅膀
发出两声刺耳的声响

所有沉睡的石头沉默着醒来
围观
那些舌头的喋喋不休与陆离光怪

远处　吹来一阵古老的风
吹散
充满信仰的愚昧无知
还有
毫无信仰的博学多才

如暖似念

我的门前
满是冬天
而少有人烟

我的屋后
满是过往
而荒芜一片

独你来时
诗一首
茶一盏
契阔谈宴
如暖似念

风雪夜归人

那个晚归的人，抖落
一身雪花，抖落一身
空荡荡的宽阔

他身边的女子，身影
并不婀娜，呼吸沉重
久被尘劳关锁

可是
他们笑着看我
眼里竟有明珠一颗
竟然，照破山河万朵

十年

父亲　在梦中起身
山峦　多年未变
泥土　坦诚地包裹着灰色的人生
阴云与白日　步履蹒跚

十年
还是会心如刀绞
还是会泪如雨下
还是悲莫悲兮生别离
还是相见时难别亦难

世间潦草
凛冬大寒

不
急

鱼儿不急于游出沼泽
骆驼不急于走出沙漠
就像木不急于长成树
我也不急于，离开我

冬夜
世界在门外逡巡
我们就这样围着炉火
什么，也不说……

回望人间
爱恨已远

我的沧桑

只是我在尘世的模样

你的泪水

却是生命难以承受的悲凉

如何在你心中画地为牢

断念，绝想

不求

解放

命运的盐

一滴死去的海水
一滴醒来的泪

寂寞之人
失意之事

无数你我被埋在时间的某处

回望人间
爱恨已远

听

你递给我十指纤纤的素手
在四周都噤若寒蝉的时候
四面苍白无力的笼罩中
我听见万物喑哑的嘶吼

但，其实——

我喜欢倾听细微的声响
比如，一切逝去的
和　尚未到来的
时光

出鞘

灵魂在奔跑
寂寞在喧嚣
所有的空，都不是无
一切的冷，都在燃烧

未曾走遍万水千山
说什么看透人间冷暖

岁月中的悲戚
生命里的虔诚
光阴，是把离鞘的剑

抵消

冰，被阳光瓦解
爱，终被时间消融

冬天，虽有着春天的宿命
沧桑，却也有机械的流程

爱恨，其实抵消不了什么
生命，终将忽然一刻清零

旧约·冬雨

入冬的第一场雨，没有风
却把我们送到这偏远之地

所有隐秘的日子，在此刻
依着旧时的约定呼吸起来

我们
在雨里看雨
眼神
像诗人一样忧郁

相濡以沫

黎明是从夜之花上瓜熟蒂落的
自由是从恶之华中解开枷锁

我和时间
相濡以沫了一生

如今
去处更清晰
来处更单薄
去来与我，亦
相濡以沫

我和你的黄昏之间

岁月挡在我面前
隔在我和你的黄昏之间

光阴唱着歌走远
把昏黄的你我　留在了人间

回忆里的你

回忆，是条悠长悠长的小巷
时间，在巷尾砌了一堵墙
你站在墙边，没有说话
一边　深情地看我
一边　看向夕阳

品法：活法

喝法 饮法

水

白开水

寡淡至极的白开水

喝

慢慢喝

喝出一丝若有若无的甘甜

茶

盖碗茶

普通至极的盖碗茶

饮

小口饮

饮出入口苦涩背后的回甘

活

生活

普通、平淡乃至寡淡的生活

品

细细品

品出独立小桥风满袖平林新月

人归后的不老容颜

梦里的模样

我小时候

喜欢坐在一棵大树的枝桠上

日子跟着摇摇晃晃

叶子也跟着沙沙作响

我记得好多次让你坐到我旁边

你却摇着羊角辫儿

抿着嘴

等着看我如何掉落在地上

我真的应该摔下来一次

而且摔成很痛的模样

那样你会不会开口笑

露出编贝一样的牙齿

再也不是紧咬着唇

永远　不声不响

陪

让诗词
陪你我——
一刻
一夜
一生

也让我
陪伴你——
此刻
此夜
此生

一只船

你望着彼岸
已经多年

眼里的光亮　已日渐黯淡
脸上的神情　叫作沧桑
脚下的坚定　也变得蹒跚

别问我为什么知道这一切
我是渡口那只衰朽的　船

茶

你说话时
有一种让我久久陷于其中的余音

你不说话时
有一种让我暖暖被拥抱的深沉

你说不说话
都像一杯茶
我暖暖地捧着它
装出若无其事的样子
听时间　在灵魂里　长出嫩嫩的
新芽

一
醉

在路上
有些人失败了
所以不停地哀叹
有些人不停地哀叹
所以失败了

在夜里
有些人看不到光亮
所以迷失了方向
有些人迷失了方向
所以看不见人生的光亮

我疲惫

却并不憔悴

尚可借你我心底的光亮

与君　图

一醉

自明

带一盏灯
去北极
在极光面前
点亮自己

极寒的风
才能带来前世的消息
我欲永恒
只为　等你

对你的思念

每天
时间唤醒了我的身体
而你
唤醒了　我的灵魂

可是
你在的岁月　久远
你去的江湖　深远

而我
这个漫长的冬天
只能用思念取暖

靠近

我还没有靠近一只蝴蝶或蜜蜂
她们就飞远了

我还没有靠近一片云或一阵风
它们就幻灭了

我还没有靠近一种权势或骄傲
他们就原形毕露了

于是
我转身
回到随园
靠近那些老房子、那些时光、

那些树

靠近纷飞如你、洁白雪里本来

清凉澄澈的生命

燃·烬

我看到街角那个捧着一束花低头
含笑的女子
光阴，点燃了她
脸上忽明忽暗的篝火
整整一条街都跟着她微微灿烂

我想从她身边走过
想她的岁月也能点燃我
可无论如何也不能靠近
我与过往竟隔着那样宽、那样
深的
时间的河

我们的一切与一切的我们

我登山的时候
看到山在看我们

我过河的时候
感到桥的身子在绷紧

我们滔滔不绝说着真理的时候
真理，咬紧了嘴唇

我们与一切发生了什么的时候
一切，都在审视我们的灵魂

我们真的拥有我们的一切？

还是

一切真的拥有一切的我们！

曾经

曾经
我们走着走着
就走到同一棵树下

曾经
我们走着走着
就走到同一朵花前

是谁
在我的相思里
种满了你的心情

是谁
在我的岁月里
写满了你的曾经

涟漪

阳光

像一支箭

射进窗来

被射中的茶与我

起了涟漪

世界无须表达

众生的心跳

便是

最好的言语

安静的之前

傍晚与城市分开之前
暮色，是安静的

河流与山川分开之前
泥土，是安静的

我，和你，分开之前
命运，是安静的

那之后
只想回去
安静的　之前

暮光之程

时间，是被催眠了吗？
时代，长满了草一样的思想！

我从密闭的缝隙里望向天地
雨点一样洒落的　都是
目光

夕阳，开始变得脆弱
光，需要一次　远航

悬停

冰在阳光下
晶莹
却还未融化

我在阳光下
想你
像一只小小的蜂鸟
悬停
在你　清澈的芳华

这么漫长的冬季

冬天的雨
像失恋人哀伤的序曲

落叶，与一整个季节
周旋了许久
最终，也要无奈地离去

就像我与世界
与你！
人世间，春天里相遇
秋与夏，欢畅地呼吸
转身之际，
却已是冬雨，已是
这么漫长的　冬季

知
觉

喜欢
是不知不觉的
等觉察到喜欢，欢喜
与悲伤，都已
无可救药

冬天

我披着雪花，走近冬天
秘密地观察　她全部的思想与
情感
她的眼里　奔涌出　汩汩的温泉
让我肩头的雪，和我
抱作一团

我的肉身因此不再沉重
轻盈，而清凉
如这天地
所愿

征程

我笔下的爱情，都是
关于时间的寓言
字句与相思的转换，都是
时空的腾挪与转圜

在别人的宏大叙事里，我在走
一条越来越短的征程——
从心灵，到心灵
从一瞬，到永恒

身后

小时候真傻，居然
盼着长大，居然
以为占有就是拥有
居然，相信偶然
就是当然……

如今，我已久未回故土

你所说的困惑、迷茫与踌躇
不过是我身后
泥泞的路